LE
PÈRE CALMETTE

ET

LES MISSIONNAIRES INDIANISTES

Par le Père J. BACH

DE LA COMPAGNIE DE JÉSUS

PARIS

JOSEPH ALBANEL, LIBRAIRE-ÉDITEUR

15, RUE DE TOURNON, 15

1868

LE PÈRE CALMETTE

(Tiré à 100 exemplaires.)

PARIS. — IMP. VICTOR GOUPY, RUE GARANCIERE, 5.

LE

PÈRE CALMETTE

ET

LES MISSIONNAIRES INDIANISTES

Par le Père J. BACH

DE LA COMPAGNIE DE JÉSUS

PARIS

JOSEPH ALBANEL, LIBRAIRE-ÉDITEUR

15, RUE DE TOURNON, 15

1868

LE PÈRE CALMETTE

ET LES MISSIONNAIRES INDIANISTES

S'il est un point de vue intéressant dans l'histoire de la Compagnie de Jésus, c'est incontestablement celui des missions indiennes. Saint François Xavier, leur merveilleux fondateur, a eu des successeurs dignes de lui, qui ont continué son œuvre, et dont les conquêtes sur le paganisme sont consignées dans un recueil justement célèbre.

Un de nos indianistes les plus distingués, professeur de sanscrit au collége de France, M. Eugène Burnouf, leur rendit un jour un témoignage que je suis heureux de pouvoir invoquer au commencement de cet article. Comme je m'entretenais avec lui des missions de l'Inde, il se leva tout à coup avec animation et me montra dans sa bibliothèque le recueil des *Lettres édifiantes* en disant : « Voilà des hommes ! Ils avaient compris leur mission. »

Cette opinion du savant orientaliste est conforme aux impressions que ces lettres ont laissées dans le monde savant.

La conversion des idolâtres, l'établissement de l'Église catholique au milieu d'une civilisation ennemie, telle était l'œuvre dont les missionnaires étaient chargés, œuvre difficile et ingrate ; il fallait pour l'entreprendre et pour l'accomplir des hommes de dévoûment et de sacrifice, des héros, tels que l'Église catholique en a enfanté par milliers dans tous les siècles, et, nous pouvons le dire, les missionnaires de l'Inde n'ont pas été au-dessous de leur tâche. Les racines profondes que le christianisme a jetées dans ces climats, nous sont connues par le recueil dont je parlais tout à l'heure, et si vous voulez juger des fruits qu'elles ont produits et qu'elles produisent encore tous les jours, lisez les lettres de la nouvelle mission du Maduré publiées récemment par le P. Jos. Bertrand, qui, après avoir été supérieur de cette mission, a eu l'heureuse idée de révéler à l'Europe une partie des œuvres dont il a été le témoin ou l'acteur. Cet ouvrage, ajouté aux *Annales de la Propagation de la Foi*, a montré une fois de plus combien avait été puissante pour la transformation des Indes la charité des missionnaires.

Mais ces hommes au grand cœur ne se sont pas contentés de travailler à l'établissement de la religion chrétienne dans les Indes. Ils ont encore fait, et, pour ainsi dire, en se jouant, des conquêtes nombreuses pour le progrès des connaissances humaines. C'est par eux que l'histoire littéraire, la philologie et l'ethnographie sont sorties des langes où la routine les tenait resserrées. Il y en eut qui surent arracher aux brahmanes le secret de leur langue et de leur philosophie, et qui osèrent engager contre eux une lutte corps à corps, aussi admirable au point de vue littéraire qu'au point de vue religieux. Tel fut le P. Calmette, indianiste de premier ordre, comme nous allons le voir. Une étude sur ses travaux n'est pas sans importance : elle se rattache à l'histoire du brahmanisme et à la philologie orientale, et à cet égard elle mérite l'attention des savants. Si aujourd'hui l'Europe exploite avec succès la mine si riche de la littérature sanscrite, et si elle y trouve des trésors inattendus, n'est-il pas intéressant de rechercher quel a été le Christophe Colomb de ce nouveau monde ? Le récit de ses premières investigations est assurément digne d'exciter notre curiosité.

I

Le Carnate était une mission française formée vers l'année 1703 sur le modèle de la mission portugaise du Maduré ; les Jésuites y avaient adopté, depuis l'initiative du P. de Nobili, le genre de vie des brahmanes, afin d'être en rapport plus intime avec les populations, sans avoir à craindre les antipathies nationales. A Pondichéry était l'établissement central. En s'avançant vers le nord et dans l'intérieur des terres, les missionnaires avaient trouvé une population qui différait de celle du Maduré autant que des Indiens peuvent différer entre eux. Même idolâtrie, mêmes usages fondés sur la distinction des castes, même horreur pour les *Franguis* : mais, au lieu de la langue tamoule, c'était le télinga ; au lieu du gouvernement des Naïques du Maduré, c'était, depuis la prise de Visapour, la domination mahométane du Grand Mogol ; et l'on sait que les Nababs de l'Inde ont montré, à l'imitation de la cour de Dehli, une grande sympathie pour les missionnaires chrétiens. Il paraît aussi que les brahmanes de cette région étaient moins fanatiques et plus instruits que ceux du pays tamoul. A Ballapouram en particulier se trouvait une espèce d'académie, dont les docteurs se mirent volontiers en relation avec les *brahmanes romains*. Voilà le théâtre où vont se montrer plusieurs missionnaires indianistes et spécialement celui qui fait l'objet de cet article.

Parti de Penmarck au commencement de 1726, le P. Calmette était arrivé dans le courant d'octobre à Pondichéry, et après plusieurs années d'essais dans diverses résidences de la mission, il fut envoyé à Ballapouram. Doué d'une grande facilité pour les langues et d'une pénétration d'esprit égale à son zèle, il vit bientôt tout le parti qu'un missionnaire pouvait tirer de la connaissance des livres brahmaniques, et il s'appliqua sans relâche à l'étude du sanscrit, ou *sanscroutan,* comme on disait dans le Carnate. Plusieurs brahmanes convertis lui furent pour cela d'un grand secours. Il s'entretenait fréquemment avec eux, et il put faire ainsi de rapides progrès, non-seulement dans leur langue, mais encore, chose précieuse, dans le vrai génie du brahmanisme. Comme ils se firent un plaisir de transcrire pour lui divers passages des Védas, il en apprenait de mémoire des tirades ; puis quand il se rencontrait avec des brahmanes encore païens, il les débitait et s'en servait pour leur faire des objections. Voici ce qu'il écrivait en 1730 :

« Jusqu'à présent nous avions eu peu de commerce avec cet ordre de savants ; mais depuis qu'ils s'aperçoivent que nous entendons leurs livres de science et leur langue *sanscroutan*, ils commencent à s'approcher de nous, et comme ils ont des lumières et des principes, ils nous suivent mieux que les autres dans la dispute et conviennent plus facilement de la vérité. »

La brèche était faite, mais pour le P. Calmette ce n'était pas assez. Missionnaire, désirant par-dessus tout la conversion des idolâtres, sachant par expérience combien il était impossible de dissiper les préjugés des Indiens sans remonter à la source de leurs croyances, voyant d'autre part que l'origine de la plupart des superstitions brahmaniques était l'abus que les Védas avaient fait des traditions primitives, il s'appliqua d'abord à y puiser des textes pour combattre les brahmanes par leurs propres armes.

« Depuis que leur Védam est entre nos mains, nous en avons extrait des textes propres à les convaincre des vérités fondamentales qui ruinent l'idolâtrie. En effet l'unité de Dieu, les caractères du vrai Dieu, le salut et la réprobation sont dans le Védam ; mais les vérités qui se trouvent dans ce livre n'y sont répandues que comme des paillettes d'or sur des monceaux de sable : car du reste on y trouve le principe de toutes les sectes indiennes, et peut-être le détail de toutes les erreurs qui font leur corps de doctrine [1]. »

II

Un des premiers fruits des investigations du P. Calmette fut d'avoir pu envoyer à Paris un exemplaire des quatre Védas, écrit sur ôles. Voici à quelle occasion.

La Bibliothèque du Roi n'était pas encore bien considérable, quand l'abbé Bignon en fut nommé conservateur en 1718. Ce savant y apporta sa propre bibliothèque déjà fort belle, et avec elle un grand désir d'enrichir l'établissement royal qui lui était confié. C'était l'époque où l'on commençait à s'occuper en France des anciennes religions de l'Inde et de la Perse. On parlait surtout de certains *Livres sacrés*, qui remontaient,

1 Lettre au P. Delmas.

disait-on, à la plus haute antiquité, et qui méritaient par leur importance l'attention des savants. Des ouvrages aussi curieux étaient dignes de la Bibliothèque Royale, et l'abbé Bignon, pour cette précieuse acquisition, crut n'avoir rien de mieux à faire que de s'adresser au P. Souciet, bibliothécaire du collége Louis-le-Grand, en correspondance fréquente avec les missionnaires de l'Orient. Le P. Souciet, zélé lui-même pour ce genre de recherches, adressa une requête pressante au P. Le Gac, supérieur de la résidence de Pondichéry.

Le P. Le Gac répondit d'abord qu'une copie exacte des quatre Védas serait une affaire très-difficile et peut-être dispendieuse; qu'il ne voyait pas trop de quelle utilité cette copie pourrait être à Paris, vu qu'il n'y aurait aucun savant capable de la déchiffrer; que cependant il allait s'en occuper sérieusement. S'il y avait un peu d'espoir de se procurer des copies authentiques des Védas c'était par le moyen du P. Calmette. Ce fut à lui en effet que s'adressa le P. Le Gac, et l'affaire fut ménée à bonne fin, malgré d'énormes difficultés. Voici ce qu'écrivait le P. Calmette :

« Ceux qui depuis trente ans écrivent que le *Védam* est introuvable n'ont pas tout à fait tort : l'argent ne suffisait pas pour le trouver. Il me paraît que nous ne l'aurions jamais eu, si nous n'avions, parmi les brahmes, des chrétiens cachés qui commercent avec eux sans être connus pour chrétiens. C'est à l'un d'eux que nous devons cette découverte, et il y en a deux, à présent, qui sont occupés à la recherche des livres et qui en font tirer copie. Si on venait à savoir que c'est pour nous, on leur ferait des affaires sérieuses, surtout au sujet du Védam; c'est un article qui ne se pardonnerait pas.

« On le croyait si bien introuvable, que bien des personnes ne voulaient pas convenir, à Pondichéry, que ce fût le véritable *Védam*, et qu'on m'a demandé si j'avais bien examiné. Mais les épreuves que j'ai faites ne laissent aucun doute, et j'en fais encore tous les jours, lorsque des savants ou de jeunes brahmes qui apprennent le *Védam* dans les écoles du pays viennent me voir, en leur faisant réciter et en récitant quelquefois moi-même avec eux ce que j'en ai appris du commencement ou d'ailleurs. C'est le *Védam*, il n'y a plus de doute là-dessus. »

Ainsi, grâce au P. Calmette et à plusieurs brahmanes chrétiens, le P. Le Gac put écrire en 1732 au P. Souciet : « Les quatre livres qui renferment les *Védams* sont une dépense de 35 à 40 pagodes (environ 350 francs). J'en ai déjà envoyé deux pour la Bibliothèque de S. M. On travaille à transcrire les deux autres. »

La copie des quatre Védas, envoyée à Paris l'année suivante, fut déposée à la Bibliothèque Richelieu, département des manuscrits, où elle se trouve encore.

Si le savant P. Calmette n'avait fait autre chose que d'obtenir, à force de zèle et d'industrie, ce résultat inespéré, il mériterait déjà de grands éloges. Pour avoir fait une première brèche à la grande muraille des brahmanes, son nom devrait être inscrit avec honneur à la tête des indianistes. Il y avait chez les Romains une couronne spéciale pour le soldat qui escaladait le premier les remparts d'une ville assiégée ; l'œuvre du P. Calmette est comparable à la prise d'une citadelle.

Il faut l'avouer, ce que le P. Le Gac avait prédit arriva : cet envoi fait à la Bibliothèque Royale fut d'abord d'une parfaite inutilité, et bientôt le souvenir en fut effacé. On montrait comme une curiosité, parmi les manuscrits, plusieurs *Védas* écrits sur feuilles de palmiers en caractères *télingas*. Mais on n'en savait pas l'origine, et aucun indianiste n'était tenté d'en faire usage. C'est à ces livres que pouvait s'appliquer à bon droit l'espièglerie de Voltaire :

Sacrés ils sont, car personne n'y touche.

Cependant le goût des études orientales prit de la consistance au commencement de ce siècle, et cet exemplaire mystérieux des Védas y contribuait peut-être autant que les autres manuscrits orientaux dont on avait fait l'acquisition. En 1815 une chaire de sanscrit fut érigée, à Paris, en faveur de Léonard de Chézy. Ce célèbre orientaliste, vrai fondateur de l'école sanscrite en France, fait allusion à la copie des

Védas, lorsqu'il dit, en parlant des efforts qu'il avait été obligé de faire pour s'initier à la connaissance des langues indiennes :

« Le riche trésor de manuscrits indiens que j'avais sans cesse sous les yeux, ces longues feuilles de palmier, dépositaires des plus hautes pensées de la philosophie, et qui, muettes depuis si longtemps, semblaient réclamer un interprète, excitaient de plus en plus ma curiosité. »

Ainsi parlait le plus laborieux de nos indianistes. On sait que ses travaux joints à ceux de son digne successeur, Eugène Burnouf, ont donné beaucoup d'importance à l'étude du sanscrit, non-seulement à Paris, mais encore en province. Honneur au P. Calmette, laborieux promoteur de ce mouvement des esprits.

III

La découverte qu'il fit des Védas, et les copies qu'il en obtint par le moyen des brahmanes convertis n'étaient qu'un prélude. Bientôt les connaissances qu'il avait acquises lui firent soupçonner, derrière ces *penetralia* de la littérature sanscrite, d'autres poésies, et même, comme il l'annonçait avec confiance, de véritables trésors inconnus jusqu'à lui. Il disait en parlant du *Darma shastra :* « Si les messieurs de la Bibliothèque Royale continuent à nous honorer du soin de la recherche des livres, j'espère que nous découvrirons des richesses dignes de l'Europe. Ce n'est point un or pur ; il est comme celui qu'on tire des mines, où il y a plus de terre que d'or. Mais l'éclat que jettent certains passages fait juger qu'il y a véritablement de l'or. »

C'est ainsi qu'il découvrit, outre plusieurs *shastras*, des Oupa-Védas, ou commentaires sur les Védas, et des Pouranas, poëmes plus étendus que l'Iliade et qui, comme l'Iliade chez les Grecs, renferment toutes les sources de la mythologie. Ce zèle d'investigation était partagé par ses confrères, et bientôt la résidence de Ballapouram devint aussi une espèce d'académie, où les missionnaires jésuites, en se perfectionnant dans la connaissance des livres brahmaniques, y puisaient des armes pour en combattre les erreurs.

Mais non content d'une guerre philosophique, et voulant joindre à ses argumentations un autre moyen tout à fait conforme au génie de ces peuples, le P. Calmette conçut un dessein dont alors aucun autre n'était capable. On lit dans sa correspondance qu'il se mit à composer aussi lui-même des poëmes, à l'instar des brahmanes, pour réfuter leurs fictions. Chose étonnante, qu'un pauvre religieux, sans grammaire, sans dictionnaire, ait fait, il y a plus d'un siècle, assez de progrès dans la langue des Védas, pour accomplir une œuvre que n'oseraient guère entreprendre les indianistes d'aujourd'hui. Il est curieux de voir ce qu'a pu produire une aussi extraordinaire inspiration poétique.

Celui de ces poëmes qui obtint une certaine célébrité par une circonstance dont nous parlerons tout à l'heure se nomme l'*Ezour-Védam*. Il faut en dire un mot.

La forme adoptée par le P. Calmette, semblable à celle des Védas brahmaniques, est celle du dialogue. Un missionnaire et un brahmane, sous des noms antiques, y parlent tour à tour, le brahmane pour exposer ses idées d'après les Védas et les Pouranas, et le missionnaire pour les réfuter. En sorte que, si nous supposons avec le missionnaire que les superstitions indiennes viennent des traditions primitives altérées par l'ignorance ou par le goût des fables, et si nous attribuons au mot *Véda* son véritable sens de *révélation*, nous aurons l'abrégé de toute l'œuvre du missionnaire en disant : Il y eut un Véda, une révélation primitive, et la tradition en est venue jusque dans les Indes ; mais vous, brahmanes, vous avez corrompu le Véda par des erreurs de tout genre. Ces erreurs, je viens les détruire.

« Soumanta, touché du sort malheureux des hommes qui tous, livrés à l'erreur et à l'idolâtrie, couraient aveuglément à leur perte, forma le dessein de les éclairer et de les sauver. Pour dissiper donc les épaisses ténèbres qui avaient obscurci leur raison, il composa l'Ezour-Védam, où, les rappelant à leur raison même, il leur fait connaître et sentir la vérité qu'ils avaient abandonnée pour se livrer à l'idolâtrie. »

Ainsi débute l'Ezour-Védam, tel est le dessein du missionnaire et le sujet de tout le livre. Pour entrer en matière, l'auteur suppose que Vyasa, désireux de s'instruire et de parvenir au salut, vient trouver Soumanta et lui adresse ainsi la parole :

« Le siècle malheureux où nous vivons est le siècle du péché : la corruption est devenue générale. C'est une mer sans bornes qui a tout englouti. A peine voit-on surnager un petit nombre d'âmes vertueuses. Tout le reste a été entraîné ; tout a été corrompu. Enfoncé moi-même comme les autres dans cet océan d'iniquités dont je ne découvre ni les bords ni le fond, je ne puis manquer de périr comme eux. Tendez-moi donc une main secourable, et en habile pilote retirez-moi de cet abîme pour me conduire heureusement au port. » Et un peu plus loin : « Vous voyez à vos pieds un pécheur qui ne cherche qu'à s'instruire ; servez-moi donc de guide et de père ; sauvez mon âme en la délivrant de ses erreurs. »

Soumanta lui répond :

« Et depuis quand t'est-il venu dans l'esprit de vouloir t'instruire des Védams, et de devenir vertueux ? N'est-ce pas toi qui as inventé ce nombre prodigieux de Pouranas, contraires en tout au Védam et à la vérité, et qui ont été le malheureux principe de l'idolâtrie et de l'erreur?... Tu as fait plus : tu as inventé plusieurs incarnations que tu attribues à Vichnou. Tu as entretenu le monde dans ces rêveries, et tu es venu à bout de les faire goûter.... Tu as fait oublier aux hommes jusqu'au nom même de Dieu. Tu les as plongés dans l'idolâtrie... Comment les détromper aujourd'hui ? Ils ont sans cesse tes livres entre les mains, ils ne s'en départiront pas... Si je viens donc à t'instruire aujourd'hui de la vérité, quel fruit en retireront-ils ? y a-t-il apparence que je puisse parvenir à la faire goûter et aimer ? »

A ces paroles, Vyasa s'humilie, avoue encore qu'il est le plus grand des pécheurs, et supplie son nouveau maître d'oublier tout pour ne penser qu'à le sauver. « Je le veux bien, répond Soumanta, mais à condition que tu jetteras au feu tous les livres que tu as composés, que tu renonceras à tes préjugés, etc. » Puis le missionnaire, sous le manteau du docteur indien, passe en revue les fables inventées par Vyasa, tantôt en lui faisant des reproches, tantôt en répondant à ses questions et en dissipant les préjugés de son esprit. En voici quelques traits.

« Le soleil que tu as divinisé n'est qu'un corps sans vie et sans connaissance. Il est entre les mains de Dieu, comme un flambeau entre les mains d'un homme. Créé de lui pour éclairer le monde, il obéit à sa voix et répand partout sa lumière, comme un flambeau qui commence à éclairer dès qu'on l'allume[1]....

« Tu as donné la figure d'homme au soleil, à la lune, aux étoiles ; tu en as fait des êtres animés ; c'est un pur mensonge et une preuve de ton ignorance. Tous ces êtres sont des êtres inanimés, créés de Dieu pour éclairer le monde[2].

« Le Gange a-t-il plus de vertus qu'une autre rivière ? Que trouves-tu dans le Gange ? De l'eau comme celle de la fontaine, comme celle du ruisseau ; ce qui lave les péchés, c'est le repentir de les avoir commis, c'est une bonne conduite pour l'avenir[3]. »

On voit que les deux interlocuteurs de l'Ezour-Védam sont Vyasa, le célèbre compilateur des fables, l'Homère des Indiens, qui est à convertir, et Soumanta qui remplit le rôle de missionnaire.

Il est inutile de suivre Soumanta dans la série de ses réfutations ; ces passages pris au hasard peuvent donner une idée juste du rôle tout chrétien qu'il remplit à l'égard de Vyasa.

Le plus grand obstacle à la conversion des brahmanes n'était pas tant dans leurs erreurs, qu'ils reconnaissent quelquefois sans peine, que dans les exigences de leur caste orgueilleuse. Mais l'invasion et la domination des Mogols dans le Carnate eut le double avantage de protéger les missionnaires et d'affaiblir de beaucoup la tyrannie des usages.

---

[1] Ezour-Védam, l. I, c. VII. — [2] *Ibid.* — [3] *Ibid.*

Soumanta fait allusion à cette circonstance : « Cependant, dit-il, malgré les maux qui inondent la terre dans ce siècle malheureux, on peut dire qu'il a quelque chose de plus avantageux que les autres. — *Vyasa*. Quels sont ces avantages ? — *Soum*. Dans les premiers siècles, chaque caste était soumise à différentes cérémonies qui ne sont plus en usage. On ne pensait pas à enseigner le Védam aux Choutres et à la populace ; c'eût été un péché : on le peut maintenant sans crainte et sans scrupule. » Le P. Calmette veut sans doute parler de la Révélation chrétienne ; et c'était là en effet la grande innovation introduite alors dans les Indes par les *brahmanes romains*. On peut lire dans les *Lettres édifiantes* les étonnants succès de leur apostolique entreprise.

IV

Le Sama-Véda est un autre livre sacré des brahmanes, dont le P. Calmette voulut faire une imitation ; elle se trouvait aussi en manuscrit à la bibliothèque de Pondichéry. Le texte sanscrit était en caractères européens comme celui de l'Ezour-Védam, avec la traduction française en regard. Cet ouvrage avait pour objet la création du monde et la réfutation de ces fables insignes, qui sont comme le fondement de la mythologie indienne, je veux dire les Avatars ou Incarnations de Vichnou. Le dialogue est entre Narayan, auteur du Sama-Véda brahmanique, et Djaimini, auteur du Sama-Véda chrétien.

Le début ressemble à celui de l'Ezour-Védam : « Djaimini touché de compassion et pressé du désir de sauver les hommes, qui dans ce siècle de péché s'étaient fait de fausses idées de la divinité, entreprend de les rappeler à la connaissance du vrai Dieu, en retraçant à leurs yeux ce qui fait son essence. » Puis invocation et dédicace du livre à l'Être suprême. — Narayan, qui avait entendu parler des différentes métamorphoses de la divinité et qui avait donné dans toutes ces rêveries, se présente les mains jointes devant Djaimini, le maître du Védam, et lui dit : « Je suis, Seigneur, un homme tout livré à l'erreur ; je m'adresse à vous comme au plus éclairé de tous les hommes, pour vous prier de m'enseigner la route que je dois suivre désormais pour me sauver. »

Le plan, comme on peut le voir, est assez simple. Djaimini s'efforce d'abord de donner une juste idée du vrai Dieu et du culte qu'on doit lui rendre, et il condamne le culte que Narayan veut qu'on rende à Vichnou. Puis vient une série de chapitres en cinq livres, où alternativement Narayan expose une des Incarnations de Vichnou, et Djaimini le réfute.

Le texte sanscrit, comme je l'ai dit tout à l'heure, est en caractères européens, en faveur de ceux qui ne connaîtraient pas bien le caractère télinga. Un auteur anglais dont j'aurai à parler tout à l'heure, pour prouver que c'est du pur sanscrit, montre qu'il ne s'y trouve d'autre différence que celle de la prononciation du carnate ; il prend pour exemple le début du Sama-Véda, tel que le missionnaire l'a écrit, et il en donne une transcription correcte, où il n'y a presque d'autre changement que celui des voyelles : nous n'en citerons que le premier vers.

Le missionnaire avait écrit, d'après la prononciation du carnate :

Poromo kariniko zaimeni koli kolmocho, etc.

· L'auteur anglais montre que c'est du pur sanscrit, en faisant quelques petits changements qui tiennent à la prononciation :

Parama carinico jaimenih cali calmasha, etc.

Aux caractères européens il serait facile de substituer le caractère devanagari, et tout serait parfait.

A la même époque, dans la mission du Maduré, le P. Beschi se rendait célèbre par ses poëmes et par ses grammaires et dictionnaires, dont plusieurs ont été imprimés par la Société asiatique de Madras et par la mission danoise de Tranquebar.

Le principal des ouvrages du P. Beschi est le *Tambávani*, poëme sacré aussi volumineux que l'Iliade, et destiné à mettre l'histoire évangélique à la portée des imaginations indiennes. « Dans cet ouvrage, dit le savant orientaliste Klaproth, le ré-

cit du massacre des Innocents est regardé par les indigènes
du Maduré comme le morceau le plus beau qui existe dans
leur langue. »

Un autre ouvrage que le P. Beschi composa, mais en
prose, est intitulé *Véda-Vilakkam*, ce qui signifie : « Lumière
de l'Évangile. » C'est un exposé de la foi catholique.

« Le P. Beschi, dit encore Klaproth, était généralement
estimé pour sa piété, sa bienveillance et son savoir. Il s'occupait principalement de la conversion des idolâtres, et son zèle
était récompensé par des succès extraordinaires. »

Revenons au P. Calmette.

V

Cette espèce de polémique, imaginée par le P. Calmette et
continuée par plusieurs de ses confrères, n'a peut-être pas eu
beaucoup de puissance pour la conversion des brahmanes ;
mais c'est elle sans doute qui a donné naissance à d'autres
compositions d'un genre tout différent et plus efficace, à mon
sens, pour frapper l'esprit des Indous.

Le grand obstacle était un aveugle respect pour la personne
des brahmanes, il vint dans l'esprit des missionnaires d'em-
ployer contre ceux-ci l'arme du ridicule, et ils mirent à con-
tribution la causticité française. Nous devons à M. l'abbé Dubois la connaissance d'un recueil de contes plaisants qui n'ont
pu être composés que par les missionnaires. Tel est, par
exemple, un conte intitulé : *les quatre Brahmes fous*. On ne
peut imaginer de critique plus malicieuse ni plus amusante
de la vanité brahmanique. L'auteur suppose que quatre
brahmes faisant route ensemble furent salués respectueuse-
ment par un homme de la caste militaire. « C'est moi qu'il
a voulu saluer, dit un peu plus loin l'un des quatre. —Non,
ce n'est pas vous, c'est moi, » dit un autre ; et là-dessus
grande dispute. Chacun prétend que c'est à lui seul que le salut était adressé. Pour mettre fin à la contestation, ils pren-
nent le parti le plus sage, c'est de courir après le militaire et

de l'interroger lui-même. Celui-ci, voyant bien à quelle sorte de gens il avait affaire, voulut s'amuser à leurs dépens. « C'est le plus fou des quatre que j'ai prétendu saluer, » leur répondit-il, et il continua sa route. Mais les quatre brahmes ne s'en tinrent pas là; ils avaient si fort à cœur le salut du militaire que, pour en avoir l'honneur, chacun d'eux prétendit surpasser les autres en folie. Comme ils ne voulaient pas plus céder sur ce point que sur l'autre, ils prirent le parti de porter cette affaire devant les juges de la ville voisine. Et voilà que commence le plus risible procès qui ait jamais été plaidé à aucun tribunal. Le comique des détails n'a d'égal que la gravité plus comique encore de la forme judiciaire. Il faut lire dans M. l'abbé Dubois les quatre discours où chaque brahme, par le récit de quelque trait de sa vie, cherche à démontrer qu'il est plus fou que les autres.

Veut-on faire trêve à la philosophie et se délasser de l'application qu'exige quelquefois la subtilité de la métaphysique indienne, qu'on lise un ouvrage du P. Beschi, intitulé : *les Aventures du gourou Paramarta*, dont nous devons aussi la traduction à M. l'abbé Dubois.

Ce gourou, modèle de simplicité, avait cinq disciples qui se nommaient : le premier *Stupide*, le second *Idiot*, le troisième *Hébété*, le quatrième *Badaud* et le cinquième *Lourdaud*. Comme on voit, ce n'est qu'une charge, une histoire sans vraisemblance, où l'auteur, pour amuser ses lecteurs et pour tourner en ridicule des préjugés populaires, a réuni les traits les plus risibles de niaiserie et de bêtise. De pareils contes ne sont pas dignes de figurer parmi les titres de gloire d'une nation, mais ils servent admirablement à faire connaître son génie et ses coutumes, et l'histoire des missions doit en faire mention, dût-elle perdre un peu de sa gravité. Et qui pourrait s'empêcher de rire en voyant le gourou et ses disciples au passage d'une rivière éprouver avec un tison si elle était endormie; car ils avaient ouï dire qu'il était dangereux de la traverser quand elle était éveillée; ou bien, en voyant la crédulité de *Badaud*, à qui un plaisant fait prendre une citrouille pour un œuf de jument, puis le conducteur qui veut faire

payer l'ombre de son bœuf, puis le cheval pêché à la li-
gne, etc. [1] ?

Ce qu'il y a de surprenant, c'est que ces disciples si niais
retrouvent parfois du bon sens et de l'éloquence ; mais alors
leur esprit est encore peut-être plus risible.

Ainsi, après le passage de la rivière, ils s'imaginèrent qu'un
d'entre eux était englouti ; car celui qui comptait les autres
oubliant de se compter lui-même, ils n'étaient que cinq au
lieu de six, et alors ils poussèrent des cris lamentables comme
à la mort d'un ami ou d'un parent. Après avoir exhalé leur
première douleur, ils se tournèrent tous du côté de la rivière
et l'apostrophèrent avec unanimité : « Rivière impitoyable,
s'écriaient-ils, maudite rivière ! plus cruelle et plus perfide
que les tigres des forêts, comment as-tu osé engloutir un
disciple du grand Paramarta ! de ce célèbre personnage, dont
le nom est si révéré, de ce saint homme à qui tous paient un
tribut d'estime et d'admiration ? Après un pareil trait de per-
fidie, qui osera désormais mettre les pieds dans tes eaux ?..»
Des reproches ils passèrent aux imprécations. « Puissé-je
voir ta source se tarir ! disait l'un ; puisse ton lit se dessé-
cher sans laisser un seul vestige qui annonce aux races fu-
tures que tu fus autrefois une rivière ! — Puissent, disait
l'autre, les poissons et les grenouilles qui nagent dans tes
eaux, te dévorer toute vivante de manière à te rendre aussi
sèche que le sable de tes bords ! — Puisse-t-il, disait un troisième, survenir une sécheresse générale ! Puisse le ciel ne pas
laisser échapper une goùtte de pluie pendant trois ans, pour
que les sources taries jusqu'à la dernière ne t'envoient plus
une seule goutte d'eau ! Puissé-je voir les mouches et les
fourmis se promener sur ton lit et l'insulter impunément ! —
Puisses-tu, disait un quatrième, être dévorée par le feu depuis
ta source jusqu'à ton embouchure ! — Puisses-tu, disait le
dernier, disparaître ; puisse ton lit ne contenir à l'avenir que
des cailloux, des ronces et des épines ! »

Un conte aussi facétieux que les autres, mais d'une morale

---

[1] Ces charges sont évidemment originaires de l'Europe, et il est tel de ces
récits plaisants qui se raconte encore tous les jours dans nos campagnes.

plus profonde, est celui du ministre Appadji, qui, pour donner une sage leçon au roi son maître, fit jouer à un pâtre stupide le rôle de Sannyasi. C'est une excellente critique des préjugés des Indiens et du charlatanisme de quelques brahmes.

Mais il est temps de nous arrêter. Il nous suffit d'avoir constaté chez les Indiens l'existence d'une foule de contes fort divertissants dont nous avons déjà de bonnes traductions. Malgré la frivolité apparente de ce genre d'ouvrages, ils ne peuvent manquer de plaire en Europe. M. l'abbé Dubois s'étonnait d'avoir rencontré dans le fond de l'Indostan des contes populaires très-répandus dans plusieurs provinces de France. Il n'y a là rien qui doive surprendre, si l'on considère que les Indes n'en doivent la connaissance qu'à des missionnaires français.

VI

Nous n'avons à raconter ici ni les succès qu'obtinrent alors les deux missions du Carnate et du Maduré, ni l'orage qui s'éleva contre elles du sein du royaume très-chrétien, et qui ruina de si belles espérances. En 1841, jai vu aux archives du royaume (K. 1284) des procès-verbaux signés Lauriston. Ce sont les inventaires, faits par ordre du gouvernement, de tous les biens meubles et immeubles des missionnaires. Triste lecture! Une table, une chaise, un chandelier, deux ou trois vieux livres et quelques manuscrits, voilà tout ce que renfermaient leurs cellules. Ces misérables débris de leur apostolat n'ont enrichi personne, et l'idolâtrie seule eut à se réjouir de l'extinction des Jésuites. Quant au petit nombre de livres et de manuscrits laissés par eux, ils ont été déposés à la bibliothèque des Missions étrangères, à Pondichéry. A peine quelques années s'étaient écoulées que personne à Paris ne s'occupait plus ni des missionnaires, ni des indianistes, ni des brahmanes.

Mais voilà qu'un jour un membre du conseil de Pondichéry, arrivé à Paris, se déclare possesseur d'un manuscrit précieux. Ce n'était rien moins qu'un Védam, et, à raison de son importance, présent en fut fait à la Bibliothèque du Roi. Écoutons Voltaire rendre compte de cet événement.

« Un hasard plus heureux a procuré à la Bibliothèque de Paris un ancien livre des brahmes ; c'est l'Ezour-Védam, écrit avant l'expédition d'Alexandre dans l'Inde, avec un rituel de tous les anciens rites des brahmanes, intitulé le Cormo-Védam. Ce manuscrit, traduit par un brahme, n'est pas à la vérité le Védam lui-même ; mais c'est un résumé des opinions et des titres contenus dans cette loi [1]. »

« L'abbé Bazin, avant de mourir, envoya à la Bibliothèque du Roi le plus précieux manuscrit qui soit dans tout l'Orient ; c'est un ancien commentaire d'un brahme nommé Chumontou sur le Védam, qui est le livre sacré des anciens brahmanes. Ce manuscrit est incontestablement du temps où l'ancienne religion des gymnosophistes commençait à se corrompre ; c'est, après nos livres sacrés, le monument le plus respectable de la créance de l'unité de Dieu ; il est intitulé : Ezour-Védam, comme qui dirait le vrai Védam expliqué, le pur Védam. On ne peut douter qu'il n'ait été écrit avant l'expédition d'Alexandre... »

« Quand nous supposerons que ce rare manuscrit a été écrit environ quatre cents ans avant la conquête d'une partie de l'Inde par Alexandre, nous ne nous éloignerons pas beaucoup de la vérité. »

Voltaire ajoute ailleurs que ce livre précieux a été traduit du sanscrétan par le grand prêtre ou archibrahme de la pagode de Chéringam, vieillard respecté pour sa vertu incorruptible, qui savait le français, et qui rendit de grands services à la Compagnie des Indes [2]. Ce n'était pas sans arrière-pensée que notre philosophe se plaisait à vanter cet ouvrage et à lui supposer une si haute antiquité : ce petit stratagème convenait à la guerre qu'il faisait à nos livres saints.

De nos jours encore, et dans une intention bien différente,

---

[1] *Philosophie de l'Histoire*, c. XVII.
[2] *Siècle de Louis XIV*, c. XXIX.

une autre école invoqua le témoignage de l'Ezour-Védam
comme celui d'une œuvre brahmanique. L'*Essai sur l'indiffé-
rence* en cite des paroles pour montrer l'existence des idées
chrétiennes chez les Indiens longtemps avant le christianisme.

Ainsi l'Ezour-Védam était en possession d'un honneur insi-
gne auquel son auteur n'avait guère songé, et quoique ce
livre ne répondît pas tout à fait à l'idée qu'on devait se for-
mer du brahmanisme, il passait pour un livre sacré, lorsque
tout à coup les *Recherches asiatiques* de Calcutta font savoir
à l'Europe que ce prétendu Védam est l'ouvrage d'un missionnaire jésuite. Un orientaliste anglais qui se trouvait par
hasard à Pondichéry, ayant obtenu de visiter la bibliothèque
des Missions Étrangères, y avait découvert l'original de
l'Ezour-Védam, avec plusieurs autres manuscrits du même
genre [1].

Grande rumeur parmi les savants. Quoi! c'est ainsi qu'on
nous a mystifiés! Un missionnaire jésuite nous a fait prendre son ouvrage pour un livre sacré des brahmanes! Tromper
toute l'Europe, quelle noirceur! Et voilà encore une imposture ajoutée aux autres, dans l'histoire de la Compagnie de
Jésus. Ce nouveau crime fut dénoncé au public avec la jus-
tice et l'indignation accoutumées. Ce qui embarrassait un peu
les critiques, c'est que l'auteur de ces Védas parlait des
quatre Védas des brahmanes pour les réfuter : il en disait
l'origine, il donnait les noms de leurs auteurs. « C'est une
chose inexplicable, dit M. Langlès, que le missionnaire n'ait
pas craint d'insérer dans son ouvrage ce qui était capable de
le convaincre d'imposture. » Il y a peut-être une chose plus
inexplicable encore, c'est que des hommes d'esprit et de goût
se laissent dominer par leurs préjugés au point de fermer
les yeux à l'évidence.

M. Ellis, après avoir fait l'énumération des ouvrages qu'il
avait trouvés, se demanda quel missionnaire pouvait en avoir
été l'auteur, et il émit l'opinion que c'était sans doute le

[1] Voyez *Asiatick Researches*, t. XIV.

P. Robert de Nobili ; mais il ne parlait ainsi que par conjecture et parce qu'il savait vaguement que jadis le P. de Nobili avait adopté le genre de vie des brahmanes. Cette supposition ne peut aucunement se justifier.

Le P. de Nobili était de la mission portugaise du Maduré où l'on parlait le tamoul, et l'Ezour-Védam avec les autres ouvrages analogues a été composé pour la mission française du Carnate, où l'on parlait une langue toute différente, le télinga. Le texte sanscrit de ces ouvrages, écrit en caractères européens, y est exprimé avec la prononciation du télinga, et la traduction française qui est en regard, disent les *Asiatik Researches*, est de la même main que le texte. Enfin les manuscrits originaux ont été trouvés dans la bibliothèque du séminaire français des Missions étrangères, à Pondichéry. Du temps du P. de Nobili, Pondichéry n'existait pas, ou n'était qu'un hameau, C'est seulement au XVIIIe siècle que les Français y ayant construit une ville, elle devint le centre de la nouvelle mission du Carnate.

Ce que j'ai dit plus haut m'avait déjà fait soupçonner que non-seulement l'Ezour-Védam était une œuvre française, mais encore que le P. Calmette en était l'auteur. Pour en acquérir la certitude, j'eus la pensée de m'adresser à celui qui, de tout Paris, devait le mieux connaître l'état de la question. Le vénérable abbé Dubois, qui fut quarante ans missionnaire dans l'Inde, qui vécut avec les derniers missionnaires jésuites, et qui habita Pondichéry, a vu sans doute, me disais-je, ces curieux manuscrits qui ont fait tant de bruit. J'allai le trouver, et, sans lui découvrir mon opinion, je lui demandai si l'on connaissait l'auteur de l'*Ezour-Védam*. — « C'est le P. Calmette, me dit-il aussitôt. Mais, ajouta-t-il, plusieurs missionnaires y ont mis la main. »

Il ne m'en fallut pas davantage ; j'avais retrouvé la trace de l'illustre indianiste qui fut l'initiateur des savants français dans cette branche de nos jours si florissante.

J. BACH.

PARIS. — IMP. VICTOR GOUPY, RUE GARANCIÈRE